AF319630

LETTRE
SUR LE DRAME,

A M. P....

A AMSTERDAM,

Et se trouve à PARIS,

Chez les Libraires qui vendent les Nouveautés.

M. DCC. LXXIV.

LETTRE
SUR LE DRAME,
A M. P....

Vous efpériez, Monſieur, avec les Partiſans de l'ancienne Comédie, que le regne du Drame ne feroit pas long , & que le Public ouvriroit bientôt les yeux ſur ce genre monſtrueux & facile , que des Auteurs ſans génie & ſans talens s'efforcent d'accréditer pour leur intérêt perſonnel. L'opiniâtreté des Gens de Lettres à regarder comme un Ouvrage de mauvais goût , cette *Mélanie* tant vantée , que ſes Admirateurs ont envain prônée comme un chef-d'œuvre d'Eloquence ; la chûte précipitée des *deux Amis ,* du *Fabriquant de Londres* & du *Fils naturel ;* la mort fatale & ſubite des *Honnête Criminel ,* des *Jenneval ,* des *Déſerteurs.,* des *Jean Hennuyer ,* & de tant d'autres Productions drama-

A ij

tiques , qui dès le principe de leur exiſtence
typographique ,

N'ont fait de chez Sercy, qu'un ſaut chez l'Epicier.

Boileau.

Enfin le *Pere de Famille* , le *Philoſophe ſans le
ſavoir* , *Eugénie* & *Béverley* , que leurs Défenſeurs les plus enthouſiaſtes n'ont pu ſauver de la
proſcription générale ; tout cela vous portoit à
croire que cette prétendue Comédie qu'on a
nommée Drame , alloit inceſſamment rentrer
dans le néant dont elle n'auroit jamais dû ſortir :
vous vous trompiez , Monſieur.

Un ſot trouve toujours un plus ſot qui l'admire.

Boileau.

D'ailleurs trop de petits talens étoient intéreſſés
au ſoutien d'un genre qu'on peut traiter à ſon
aiſe , ſans pâlir ſur les grands modeles , dans
lequel on peut obtenir des ſuccès, paſſagers il eſt
vrai , mais ſuffiſans pour la médiocrité , à l'aide
de quelques ſituations attendriſſantes, de quelques
monologues bien bourſoufflés , bien hériſſés de
grands ſentimens philoſophiques, facadés par d'in-
nombrables points, qui ne manquent pas de reve-
nir de trois en trois mots , & bien plus encore à
la faveur du talent d'un Acteur , qui, pour peu
qu'il ait de goût, d'intelligence & de ſenſibilité ,
donne aux phraſes les plus lourdes & les plus

obſcures, un ſens & une touche dont l'Auteur ne s'étoit pas même douté.

Auſſi les *Pradons* modernes, inſtruits de ces petits avantages, ont-ils bravé la verge de la Critique & la conſtance des ſifflets. Regardant comme une vaine fumée les ſuffrages de la poſtérité dont ils deviendront la fable, ils ont ambitionné ceux de quelques-uns de leurs Contemporains, qui, nourris des mêmes principes, & ayant beſoin des mêmes ſecours, les enivrent à outrance d'un encens de convention, qu'on doit rebrûler en leur honneur.

Il ſemble, en effet, qu'il y ait conſpiration pour le larmoyant contre le comique. Et ne voyons-nous pas tous les jours de petites ligues offenſives & défenſives, par le moyen deſquelles on tâche de perſuader aux ſots, que la ſeule bonne, la ſeule utile Comédie eſt celle de nos jours ; que le ſiecle dernier doit le céder en tout à celui-ci, qui eſt le ſiecle philoſophique par excellence * ; que les *Moliere*, les *Regnard* n'étoient que des Farceurs, qui n'ont écrit que pour le Peuple ; les *Corneille*, les *Racine*, les *Crébillon*, des Auteurs tragiques, de quelque mérite

* Preuve. On lui doit le *Syſtême de la Nature*, le Drame & l'Opéra-comique.

à la vérité , mais qui n'ont fu tracer que les malheurs des Princes & des Rois ; enfin que tous ces hommes réunis , n'ayant pas , les uns apperçu , les autres ofé fe livrer au genre *intermédiaire* , au *larmoyant* , au *férieux* , à *l'honnête* , au *Drame* enfin , puifqu'il faut l'appeller par fon nom , ne peuvent ni toucher ni inftruire les perfonnes les moins éclairées de ce temps-ci.

Credat Judæus Apella.

Vous le favez , Monfieur , on nous l'a prouvé à grands frais , le Drame eft né de l'impuiffance ; & fi ce principe *de nihilo nihil* eft généralement vrai , le Drame eft nul.

Examinons fon origine , les fondemens fur lefquels il eft pofé , & comparons-le avec la Comédie.

Moliere & fes Imitateurs , les Auteurs de Cinna , de Phedre & d'Atrée , nourris de l'étude des Anciens , & puifant dans le cœur de l'homme , & non dans fes actions du moment, les principes fublimes fur lefquels font fondés leurs Ouvrages , écrivoient pour leur fiecle & pour la poftérité.

Mais les nouveaux Auteurs Dramatiques *

____

* Ce mot ne défigne , dans le cours de cette Lettre , que les Auteurs de Drames ; quant à ceux de Tragédies & de Comédies , ils fe contenteront du nom de Poëtes.

se sont bien écartés d'une route si pénible : trop foibles pour suivre les traces de ces grands hommes , & trop vains pour se contenir dans le silence, ils ont embrassé un genre proportionné à leur médiocrité. Ils ont armé *Thalie* du poignard de *Melpomene* , & lui ont interdit le langage de la gaieté , pour lui siffler un jargon *Etrusque*, qu'ils n'entendent pas eux-mêmes.

Pressés cependant par les Grammairiens de donner un nom à leur *œuvre* , & d'un côté n'osant prétendre sans quelque pudeur aux lauriers du cothurne , de l'autre n'ayant plus de droits aux *honneurs du comique* , ils ont ainsi raisonné.

Tout Poëme dialogué est un Drame. * Ces mots *Tragédie* , *Comédie* , en expriment les deux seuls genres & y répondent. Le Drame est donc nécessairement ou tragique ou comique ; ôtons les froides épithetes , & conservons le mot qui , resté seul , n'a plus de désignation. Ils dirent , & le nouveau né prit le nom creux de Drame par excellence.

O profondeur de l'entendement humain ! Pouvoient-ils exprimer plus métaphysiquement le néant de leurs Productions ?

---

* Le Drame tire son nom du mot Grec Δραμα , qui signifie *action*.

Ces Messieurs réclament pourtant une exis-tence ; ils ont recours à l'analyse, & trouvent que leur Drame est le genre intermédiaire.

Dans l'ordre du vrai & du beau, du tragique au comique, quel est le genre intermédiaire? Le Drame, dit-on. Eh bien ! mesurons l'espace, & disons ce qui reste de possessions à ce nouveau genre.

» Le Poëme tragique, dit *la Bruyere*, con-
» duit à la terreur par la pitié, ou réciproque-
» ment à la pitié par le terrible ; vous mene par
» les larmes, par les sanglots, par l'incertitude,
» par l'espérance, par la crainte, par les sur-
» prises, & par l'horreur jusqu'à la catastrophe «.
   Ici finit le tragique.

Que la Nature . . . soit votre étude unique,
Auteurs, qui prétendez aux honneurs du comique.
Quiconque voit bien l'homme & d'un esprit profond,
De tant de cœurs cachés a pénétré le fond ;
Qui sait bien ce que c'est qu'un prodigue, un avare,
Un honnête homme, un fat, un jaloux, un bisarre,
Sur une scene heureuse il peut les étaler,
Et les faire à nos yeux, vivre, agir & parler.
Boileau.

La Comédie est donc uniquement la peinture des mœurs. Ce genre n'a point d'especes, mais il a des dégrés.

L'Auteur qui embrasse un caractere général,

qui le médite, qui l'approfondit, qui le traite en grand, a fait un chef-d'œuvre. *Tartuffe* est le Tartuffe de tous les lieux, de tous les temps. Le *Mifantrope* & l'*Avare*, tels que le génie nous les a repréfentés, font des caracteres citoyens de tous les pays.

Un fujet moins vafte, moins profond, mais général, mais vrai, mais fimple & focial, qui préfente un caractere national à peindre, des nuances à obferver, des travers à publier, des foibleffes à gourmander, des fcenes enjouées à multiplier, des faillies & des traits heureux à répandre, fe place au fecond dégré. Telles font les Comédies de l'*Etourdi*, du *Glorieux*, du *Méchant*, &c.

Le troifieme dégré comprend le ridicule pris féparément comme objet principal, & comme ton fondamental de la Piece. Les chefs d'œuvre à ce dégré, font les Comédies des *Femmes fa-vantes*, des *Précieufes ridicules*, de l'*Ecole des Maris*, & de l'*Ecole des Femmes*.

Viennent enfuite fe placer une foule charmante de petites Pieces de différens Auteurs; de petits ridicules bien faifis, bien frappés; des fcenes où regnent la bonne plaifanterie, la vraie gaieté, & où l'efprit pétille à côté de la nature.

Le *Retour imprévu*, le *Médecin malgré lui*,

l'*Avocat Patelin* , &c. s'offrent gracieusement à ma mémoire.

Ici finit la Comédie.

Maintenant, Messieurs, placez votre Drame, & tracez votre intermédiaire.

Vous emparez-vous de l'étendue qui regne entre le tragique & le comique ; & là, vous glorifiez-vous d'avoir jetté les fondemens d'un nouvel édifice ?

Aimez-vous mieux marier avec art les deux genres, pour en composer le vôtre ?

Mais, d'un côté, ainsi qu'en saine Physique, le vuide n'est plus un problème en saine Littérature. Il est admis & démontré depuis long-temps par le bon goût, qu'il existe entre le tragique & le comique : *nec ultrà , nec infrà*. Telle est l'inscription que les Auteurs du Cid & du Misantrope ont gravée au bout de leur carriere.

D'un autre côté, l'assemblage d'une belle tête de femme & d'une longue queue de poisson, n'a jamais représenté qu'un monstre.

Expliquez donc vos vues & vos prétentions. Ou vous entendez par votre intermédiaire, un genre nouveau découvert entre le tragique & le comique, & vous flottez dans le vuide ; ou vous entendez un composé des deux seuls genres qui puissent réellement exister ; & ce composé n'eſt autre choſe que l'ancienne Tragi-comédie, vieux monſtre proſcrit depuis ſi longtemps ; alors vous devenez monſtrueux. Choiſiſſez, ſi vous l'oſez.

La Comédie va droit au vice, le ſaiſit, l'entraîne au grand jour, & le préſente ſous toutes ſes faces ; elle épuiſe le caractere qu'elle a choiſi, elle le met en action, elle préſente l'homme à l'homme.

Le Drame préſente le crime au lieu du vice, & n'inſpire que de l'horreur. Il ne met pas un caractere en action, mais une ou pluſieurs actions en autant de caracteres qu'il a de tirades à diſtribuer.

La Comédie n'a qu'un trait, qu'un reſſort, qu'une ame pour aller à ſon but.

Le Drame en a mille pour viſer au ſien, & n'y frappe jamais, parce qu'il ſe propoſe d'inſtruire.

L'une eſt un caractere regnant ;

Mens agitat molem.

l'autre eſt un recueil de converſations. C'eſt là que bien ou mal, on a droit de tout dire.

Expliquons le raiſonnement par les ſenſations, & paſſons des cauſes aux effets.

Rappellez-vous, Monſieur, l'impreſſion que fait au Théâtre la Piece du Miſantrope. Ce Perfonnage 'm'affecte de fa mifantropie. Que les Interlocuteurs s'entretiennent en fon abfence, je ne penfe qu'à *Alcefte*, je ne vois qu'*Alcefte* : à tout ce qu'on dit, à tout ce qu'on fait, je me dis à moi-même : que va penfer, que va répondre *Alcefte* ? C'eft alors que la morale eft vraiment en action, c'eft alors qu'elle triomphe ; & fi je fuis honnête homme, je fors Mifantrope.

Comparez cette fenfation avec celle que produit le meilleur Drame. Il eft toujours lent & diffus ; & comme il n'a jamais d'objet fixe, l'attention fe fatigue inutilement à débrouiller le dédale des moyens qu'il met en œuvre pour faire agir fa machine ; mais on eft tout-à-fait dégoûté, quand on vient à s'appercevoir que, pour déterminer fes mouvemens, il lui faut des portes, des tables, des fenêtres, des trictracs, des clavecins, des armoires, des commodes, enfin tous les meubles de l'appartement.

Ces petites reffources font communes à tous les Drames ; car ils ont entr'eux une reffemblance fi parfaite, qu'on les croiroit tous calqués fur un même protocole.

Plaçons-nous au Théâtre, & voyons un Drame.

La toile fe leve, & les Acteurs, pour remplir les premieres fcenes, viennent décliner leurs ñoms , & donner au Public leurs qualités & leurs adreſſes ; & le tout ſe paſſe ſi bien , qu'à la fin du premier acte , on ne ſait pas un mot du ſujet.

Le ſecond ſe paſſe tout entier en clameurs, en plaintes, en tendres accords d'une amoureuſe flamme, en projets politiques, ou en conſeils moraux.

Le troiſieme eſt le conflit des ſentimens & des intérêts du *Peuple* de la ſcene.

Le quatrieme embrouille les affaires, entaſſe les incidens, amene des évanouiſſemens, des cliquetis d'armes, prépare la chûte théâtrale, & ſur ſa fin éloigne un peu l'idée tragique d'une cataſtrophe ſanglante.

Le cinquieme Acte enfin , en cherchant à reſſembler en un point à la Tragédie qui mene à la pitié par la terreur, mene à l'ennui par la pitié.

D'après ce tableau vrai aux yeux des déſintéreſſés, il eſt facile de s'appercevoir que le genre larmoyant n'eſt qu'un métier où il faut plus de force que d'adreſſe, plus de routine que d'eſprit, & que le genre comique eſt un art inacceſſible à la médiocrité, & le vrai triomphe du génie.

Je dirai plus, & je le dirai hautement. Une ſcene burleſque où des Acteurs barbouillés de lie exprimeront même le plat & le bouffon, l'emporteta toujours fur un Drame tiſſu de ſcenes découpées & long de cinq Actes.

Vous obſerverez, Monſieur, que pour le ſoutien du genre preſque tous les Drames qui paroiſſent ſont précédés d'une Préface apologétique, dans laquelle on cherche à démontrer l'avantage & l'utilité de la Comédie larmoyante par des raiſonnemens qui voudroient être convaincans, & qui ne ſont pas même captieux. Ceux qui ne ſont point précédés ſont ſuivis d'eſſais, diſcours ou traités qui tendent au même but.

L'Auteur du *Pere de Famille*, par exemple, a fait imprimer à la ſuite de cette Piece un diſcours ſur l'art dramatique, que quelques enthouſiaſtes ont prôné comme la vraie poëtique du Théâtre *, & que les jeunes gens qui s'y deſtinent doivent bien ſe garder de conſulter.

Latet anguis in herba.

Dans ce diſcours, qui paroît n'avoir été entrepris que pour ſoutenir le *Pere de Famille* & le

---

* Ouvrez la Préface d'*Eugénie*, où l'on appelle ce diſcours un ouvrage admirable, & ſon Auteur un grand Poëte ; ouvrez ſur-tout le nouvel Eſſai ſur l'Art Dramatique, où on l'appelle la meilleure des Poëtiques.

Seigneur, j'admire en vous des qualités pareilles.
La Fontaine, Fab. V, Liv. XI.

genre en général, l'Auteur, qui ne recommande pas une seule fois l'étude de la Comédie, parle sans cesse du genre honnête & sérieux : il en fait l'analyse ; il en combine les caracteres, il en calcule les forces, il le vante, il l'exalte, en un mot il ne veut que lui.

>> L'honnête, l'honnête, répéte-t-il, il nous >> touche d'une maniere plus intime & plus douce >> que ce qui excite notre mépris & nos ris. ««

Je crains bien qu'à force d'être toujours honnête, sans être jamais gai, (car l'Auteur de ce discours ne veut pas absolument qu'on le soit) on ne produise, sans s'en appercevoir, l'effet que *Boileau* semble avoir prédit à nos Auteurs Dramatiques.

> Vos froids raisonnemens ne feront qu'attiédir
> Un Spectateur toujours paresseux d'applaudir,
> Et qui des vains efforts de votre réthorique
> Justement fatigué, s'endort ou vous critique.

Mais enfin pourquoi tant répéter, l'honnête ? Un Etranger qui ne connoîtroit pas notre Théâtre, & qui liroit ce passage, ne seroit-il pas en droit de penser qu'avant d'être *enrichie* des *Eugénie*, des *Beverley* & des *Pere de Famille*, la Scene Françoise n'avoit que des Farces ? Eh quoi ! doit-on regarder le *Tartuffe*, les *Femmes Savantes*, l'*Ecole des Maris*, le *Joueur*, le *Dis-*

trait ; le *Philofophe marié*, le *Glorieux* comme n'étant point du genre honnête , parce que ces Comédies font gaies ? Et pour être honnête faut-il donc être trifte ? Si cela étoit, il faut l'avouer , perfonne plus que l'Auteur du *Fils naturel* n'auroit de droit à ce titre.

L'honnête eft – il mis ici pour le férieux ? Et prétendroit-on que le férieux touche d'une maniere plus intime & plus douce que ce qui excite le mépris & les ris ?

Quand on avance un paradoxe , il faut au moins qu'il foit fpécieux , & ne pas s'expofer platement au reproche d'avoir voulu renverfer tous les principes reçus , & contredire les axiomes les plus vrais.

> *Ridiculum acri*
> *Fortius ac melius magnas plerumque fecat res.*

Je n'employerai d'autre réponfe que cette penfée d'Horace : elle eft fondée fur l'expérience ; elle fera de tous les temps, de tous les pays ; & , j'ofe l'avancer , aucun paffage de l'Antiquité n'a un rapport plus immédiat avec le génie François.

Je remarquerai encore que la petite Comédie des *Précieufes ridicules* a fait plus de converfions durables, fi je puis m'exprimer ainfi , que tous les Drames *de la Chauffée* n'ont produit d'émotions paffageres.

Ces

(17)

„ Ces hommes, dit *Pope*, qu'épargnent le
„ glaive des Loix, le miniftere de la Religion
„ & les arrêts du Trône, font frappés & confon-
„ dus par le ridicule *feul*. " O ridicule, s'écrie-
„ t-il encore ; ô glaive facré, égide de la vertu,
„ *feule terreur* de la folie, du vice & de l'in-
„ folence ! *

Cet homme célebre, l'honneur de la Littérature Angloife, étoit trop plein de l'étude de
fes Maîtres, c'eft-à-dire des Anciens, pour
penfer autrement. *Boileau*, *Moliere*, *la Fontaine*, & tous les grands hommes du fiecle
dernier penfoient comme lui ; & ce n'eft que par
l'impuiffance de manier le ridicule, qui, comme
dit encore *Pope*, n'eft remis qu'à des mains
choifies par le Ciel, que depuis une vingtaine
d'années on a affecté de méprifer cette arme
victorieufe, & qu'on lui a préféré cette plate

---

* Ceci ne s'accorde pas beaucoup avec le paffage
fuivant, tiré, non des *Précieufes ridicules*, mais de la
Préface d'*Eugénie*. „ L'arme légere & badine du far-
„ cafme n'a jamais décidé d'affaires, elle eft feulement
„ propre à les engager, & tout au plus permife contre
„ ces poltrons d'Adverfaires, qui, retranchés derriere
„ des monceaux d'autorités, refufent de prêter le collet
„ aux Raifonneurs en râfe campagne ". Quelle per-
fection de ftyle ! & fur-tout quelle vérité !

B

bouffifure, cette emphâfe pédantefque qui affadit le cœur en étourdiffant les oreilles.

Si on peut s'en rapporter aux autorités ref-pectables que je viens de citer, que penfer de ce qu'ajoute, en fuivant toujours fon fyftême dra-matique, l'Auteur du *Fils naturel* ?

„ Là, dit-il, en parlant de la Comédie, le
» méchant s'irrite contre des injuftices qu'il
» auroit commifes, compâtit à des maux qu'il
„ auroit occafionnés, &c. mais l'impreffion eft
» reçue, elle demeure en nous, malgré nous,
„ & le méchant fort de fa loge, moins difpofé
» à faire le mal «.

Je ne répondrai à cette affertion que par un fait dont j'attefte la vérité.

A une repréfentation de *Béverley*, ce Drame atroce & barbare qu'on nous a apporté de Londres, & qu'une imagination riante a enrichi de nouvelles noirceurs ; j'étois au Parterre à côté d'un homme de quarante ans à-peu-près, que la mort de *Béverley* fembloit affecter beaucoup, & qui verfoit de temps en temps quelques larmes : je le croyois très-vivement pénétré de la leçon qu'il venoit de recevoir, & j'allois commencer à foupçonner que le Drame pouvoit être de quelque utilité : la toile fe baiffe, tout-à-coup les larmes de mon homme fe fléchent , & je l'entends dire froidement à un de ses voisins : ils ont beau faire ; ils ne m'empêcheront pas d'aller de ce pas à l'Hôtel d'Angleterre *.

Si un Drame devoit corriger par l'horreur , c'étoit , sans contredit , *Béverley* : puisqu'il a manqué son effet, qu'on juge des autres.

On dira , sans doute , que ce fait est une exception dont on ne peut tirer aucun résultat , & on aura tort. Ce n'est pas avec des phrases boursoufflées , des situations déchirantes , & des effets prétendus tragiques qu'on peut forcer le François à se corriger ; on employera toujours ces moyens inutilement : mais , je le répete , qu'on le frappe de la-verge du ridicule, & on le verra succomber.

Auteurs , qui aspirez aux honneurs de la scene Françoise , étudiez l'esprit de la Nation pour laquelle vous voulez travailler ; c'est le seul moyen de réussir.

Inventez des ressorts qui puissent l'attacher.

Boileau.

Mais si vous ne pouvez vous soumettre à cette étude , si votre génie débile ne peut porter

---

* Fameuse Académie de jeu, rue S. Honoré , à côté du Caffé Dupuis.

ſon vol plus haut que le comique larmoyant ; abandonnez notre Théâtre ; portez ſur celui de *Drury Lane* vos farces lugubres & dégoûtantes ; allez préſenter à des cerveaux fumeux, à des yeux Anglois, accoutumés à de pareilles atrocités, le ſpectacle horrible d'un pere levant le poignard ſur le ſein de ſon fils, pour l'arracher à la miſere dans laquelle il l'a plongé luimême, & qui, forcé par les mouvemens de la Nature à quitter ſon affreux projet, n'a pas le courage de vivre, pour tâcher au moins d'adoucir les maux dont il a accablé ſa famille. Fuyez, & n'eſpérez jamais, malgré tous vos efforts, pouvoir ſubſtituer aux chefs-d'œuvre de la ſcene Françoiſe, ces Productions funeſtes, dont le moindre défaut, après celui d'être le refuge de la médiocrité, eſt de révolter le Spectateur le moins délicat.

Envain voudroit-on m'objecter ce que les Défenſeurs du Drame ont avancé en ſa faveur ; envain répeteroit-on, après eux, que ce genre étant dans la Nature, & nous offrant le tableau des malheurs & des crimes de nos ſemblables, doit affecter davantage que la Tragédie, & être plus utile que la Comédie.

1°. Il eſt faux que la Tragédie affecte moins que le Drame. 2°. Il eſt de toute certitude qu'elle éleve bien plus les ames.

La fphere où les Auteurs tragiques font obligés de placer leurs perfonnages, leur communique une certaine grandeur, qui, en rendant leurs crimes moins horribles, rend leurs vertus plus admirables. Ouvrez *Rodogune*, *Britannicus*, *Electre*, *Mahomet*, & vous en aurez la preuve.

Le Drame, au contraire, préfente le crime avec toute fa difformité : les petits intérêts qui y font agir un fcélérat, dégoutent le Spectateur fans l'émouvoir ; & ce grand étalage de vertu *Catonique*, que font fans ceffe des Perfonnages fubalternes, eft tout-à-fait ridicule dans leur bouche, & manque l'effet qu'il vouloit produire. On peut convenir qu'on y trouve quelquefois d'affez belles chofes,

Sed non erat his locus.

Quant à l'avantage du Drame fur la Comédie, pour raifon de l'utilité, il n'y a qu'un Auteur de ce genre, égaré par fon amour pour fes Productions, qui ait pu avancer une affertion auffi fauffe. Otons au Drame toutes fes horreurs, & ne lui laiffons que fes converfations morales, fes grands fentimens, il ne fera encore aucun effet, parce que, pour engager l'homme à fuir le vice, il faut non-feulement lui préfenter le tableau de la vertu, mais auffi celui du vice ri diculifé & offert au mépris public : je dis du vice , parce que le Théâtre peut corriger les gens vicieux , & non punir les criminels. La fcene Françoife n'eft point un échafaud.

Ecoutons parler *Rouffeau ,* cet homme illuftre & infortuné que l'envie pourfuit , même trente ans après fa mort, & qui , malgré les cris de nos prétendus Philofophes & des petits Rimeurs qui répetent leurs anathêmes , fera toujours regardé comme un des plus grands hommes de notre Littérature , & comme le feul Lyrique François.

Manibus dabo lilia plenis.

Voici comme il s'exprime dans fon Epitre à Thalie.

L'Art n'eft point fait pour tracer des Modeles ,
Mais pour fournir des exemples fideles
Du ridicule & des abus divers
Où tombe l'homme en proie à fes travers.
Quand tel qu'il eft on me l'a fait paroître ,
Je me figure affez quel je dois être ,
Sans qu'il me faille affliger en public
D'un froid fermon paffé par l'alembic.

Et plus loin , il ajoute :

N'allons donc plus , déferteurs de nos peres ,
Sacrifier à nos propres chimeres ;
Et fans rifquer un honteux démenti ,
Tenons-nous-en , c'eft le plus sûr parti ,
Au droit chemin tracé par nos Ancêtres.

Tel méprifant l'exemple de fes Maîtres ,
Dans fon idée en croit être plus grand ,
Qui, dans le fond , n'en eft que différent.

Et , difons-le , c'eft la manie de vouloir in-
nover , qui a égaré la plus grande partie des
Auteurs de ce fiecle ; c'eft cette manie trom-
peufe qui , loin de les conduire à la gloire , les
a menés droit au ridicule. Ces demi-connoif-
feurs , ce fléau du goût & de la raifon , ont
achevé de les perdre , en flattant leurs caprices.
Peut-être , fi dans le principe de leurs égaremens
on n'eut point applaudi leurs idées bifarres ,
fuffent-ils devenus des Littérateurs eftimables ,
mais malheureufement ,

Ainfi qu'en fots Auteurs ,

Notre fiecle eft fertile en fots Admirateurs.

Boileau. *

Il me feroit facile d'accumuler les citations
en faveur de la Comédie , fi elle avoit befoin

---

* Montrer du refpect pour les grands hommes des
fiecles d'Augufte & de Louis XIV ; fe fervir de leurs
propres armes pour combattre leurs ennemis ; garder ,
avec quelque fcrupule , les loix & les ufages du temps ;
joindre à cet honnête caractere les principes fûrs d'une
morale févere & éclairée , font des défauts qu'un Philofophe du dix-huitieme fiecle ne pardonne jamais. . . .

. . . . Tanta ne animis cœleftibus iræ.

B iv

de fecours pour être foutenue , mais ce feroit la deshonorer que d'employer pour elle de trop violens efforts. Qu'on life *Moliere* , & elle triomphe ; voilà fon plus ferme appui. *

Je ne puis pourtant me difpenfer d'en faire ici deux qui feront les dernieres.

Dans la Comédie des *Thirinthiens* , *Arif-tophane* dit ,

Ne vous y trompez pas , il n'eft qu'une Thalie ,
Qui ne doit refpirer que les ris & les jeux ,
    Que la fatyre & l'ironie.
L'allégreffe *jamais* n'en doit être bannie.
On a gâté fon genre en la faifant pleurer ;
Et je ne fais comment , ni par quelle manie
A cet appât fi faux on s'eft laiffé leurrer.

Ce paffage eft clair , je penfe ; on y loue la Comédie ; on y blâme le genre *pleureur* : &

____

*On doit à MM. les Comédiens des éloges, pour leur délibération de ne plus faire repréfenter Moliere , que par les meilleurs Acteurs. Les honneurs qu'ils rendent à ce grand homme , prouvent en même temps , & qu'ils connoiffent tout fon mérite , ce qui devient tous les jours plus rare , & qu'ils font dignes de leur fublime Inftituteur. Ma voix eft bien peu de chofe ; mais c'eft avec le plus grand plaifir que je la joins ici à celles qui fe font déja élevées , pour leur rendre , à cet égard , la juftice qui leur eft due.

quel eſt l'homme qui le blâme , le ſeul Dramatique qui ait conſervé la décence théâtrale ,
le ſeul dont les Ouvrages pouvoient arrêter la
chûte du Drame , *ſi Pergama dextrâ deffendi
poſſent* , la Chauſſée enfin.

Ses Drames, en effet , ne ſont point mépri-
ſables en eux-mêmes ; ils ſont remplis de mérite ,
& je ſuis fort éloigné de les confondre dans la
tourbe monſtrueuſe de ceux dont nous ſommes
accablés depuis ſa mort ; mais , comme dit M. *de
Chaſſiron ,* dans ſes excellentes Réflexions ſur le
comique larmoyant : ,, Tout l'art eſt inutile ,
,, quand le genre eſt vicieux par lui-même , c'eſt-
,, à-dire , lorſqu'il n'eſt point fondé ſur ce vrai
,, ſenſible & univerſel , qui parle en tous les
,, temps , comme à tous les eſprits ".

La ſeconde citation ne tranche pas moins la
difficulté.

,, L'Académicien de la Rochelle * , dit M. *de
,, Voltaire ,* condamne , avec raiſon , tout ce
,, qui auroit l'air d'une Tragédie bourgeoiſe. En
,, effet , que ſeroit-ce qu'une intrigue entre des
,, hommes du commun ? Ce ſeroit avilir le
,, cothurne ; ce ſeroit manquer à la fois l'objet
,, de la Tragédie & de la Comédie ; ce ſeroit

---

* M. de Chaſſiron.

» une efpece bâtarde, *un monftre né de l'im-*
» *puiffance* de faire une Comédie & une Tra-
» gédie véritables «.

Remarquez, Monfieur, que c'eft M. *de Vol-*
taire qui parle ainfi, c'eft-à-dire, l'Auteur de
l'*Ecoffaife*, de l'*Enfant prodigue* & de *Nanine*.

Ce feroit peut-être ici le lieu de répondre à la
multitude de blafphêmes littéraires qui font ré-
pandus dans un nouvel *Effai fur l'Art dra-*
matique, qu'on débite clandeftinement fous le
manteau depuis quelque temps : mais je n'ai
point entrepris une tâche auffi rigoureufe, & ce
feroit trop honorer fon Auteur que d'y faire plus
d'attention qu'il ne mérite. Le mauvais goût
porté à fon comble, tout le délire de la folie,
& la rage la plus impuiffante femblent avoir pré-
fidé à la confection de cet Ouvrage, écrit tout
entier de ce ftyle fi bien ridiculifé dans la Comédie des Précieufes. Jugez, Monfieur, de ce
que j'avance par une feule phrafe que je vais
tranfcrire.

» Moliere revenant au monde en 1773, n'au-
» roit plus certainement la même gaieté; il ne
» pourroit rire au milieu d'une Nation qui n'a
» plus fujet de rire ; les deux mufcles de la
» bouche, nommés *zigomatiques*, encore fouples
» de fon temps, font aujourd'hui paralifés chez

  » tous les François; ils font devenus férieux, &
» l'on fait pourquoi Moliere revenant aujour-
» d'hui, feroit, *à coup sûr*, un meilleur Mifan-
» trope «.

Permettez-moi, Monfieur Triffotin, de vous dire,
Avec tout le refpect que votre nom m'infpire,

que Moliere pourroit donner beaucoup plus de
motifs à la mifantropie d'Alcefte ; & c'eft ne
faire ni votre éloge, ni celui de votre fiecle,
mais *qu'à coup sûr*, il ne feroit pas un Ouvrage
plus fublime.

Malgré ma répugnance, je fuis pourtant forcé,
pour juftifier le mépris que m'infpire cette abo-
minable diatribe, de rapporter quelques-unes
des injures qui en font l'effence.

On y traite *Malherbe* de malheureux, de
trifte faifeur d'Odes ; *Rouffeau* d'Ecrivain pof-
fédant peu d'invention & d'étendue dans l'efprit,
& qui n'avoit l'ame, ni affez fenfible, ni affez
belle pour fentir les *beaux* développemens du
Drame. *Boileau*, de Précepteur froid, fans élan,
fans verve, fans chaleur, d'ame mefquine &
plus perfide que vigoureufe, &c. * Enfin l'Au-

---

* Sans parler du texte, il y a une note confacrée
entierement à cet amas d'horreurs, que l'Auteur a

teur qui ofa imprimer , il y a quelques années , dans une Préface placée en tête d'un Drame
bien lugubre & bien atroce , que *Corneille* devoit naître en Angleterre , & qu'on avoit perdu
jufqu'au droit de l'admirer , daigne aujourd'hui
devenir fon admirateur pour l'oppofer à *Racine*,
& abaiffer ce dernier qu'il taxe d'avoir employé
de l'efprit à la place du génie. Auffi bon plai-
fant que Pradon fon Confrere , » Athalie , dit-il,
» a de la pompe , de l'intérêt , de la majefté ;
» mais pour bien en goûter toutes les beautés ,
» *j'avoue qu'il faut être un peu Juif* «.

Ah ! de l'efprit partout ! cela ne tarit pas.

Moliere.

Je m'arrête , Monfieur , le livre me tombe des
mains , & je ne puis porter plus loin des citations dont je m'étonnerois peu qu'on foupçonnât
la fidélité , tant elles font incroyables.

Lorfque cet Ouvrage parut , quelques petits
Dramatiques crierent à l'envi , *bravo* , & le
louerent autant qu'ils avoient loué autrefois le
difcours de l'Auteur du Pere de Famille , & cela
n'a rien qui furprenne.

Qui Bavium non odit , amet tua Carmina , Mœvi.

---

vomies *pour foulager fon cœur.* Ce font fes paroles.

Morbleu ! je ne veux plus parler

Tant. . . . .   *Moliere.*

De leur côté, les Partisans de la saine Littérature frappés de l'audace du *Zoïle.* — Qui êtes-vous ? Et quel est donc, lui ont-ils dit, en cherchant à le démasquer, l'intérêt qui peut vous engager à être le Détracteur de tant d'Ecrivains illustres ?

Retournez-vous, de grace, & l'on vous répondra.
La Fontaine, *L. V, Fable V.*

Trop prudent pour se faire voir au grand jour, & pour montrer sa turpitude, il a voulu conserver l'anonyme ; mais ô revers !
Un petit bout d'oreille échappé par malheur
a fait reconnoître l'homme, & chacun de s'écrier en riant, à qui mieux mieux. — Ah ! ah ! vous n'avez point de queue !

Après cela, Docteur, vas pâlir sur la Bible.
Boileau.

Je pourrois, Monsieur, après avoir prouvé la nullité du genre, vous démontrer par l'analyse, que les Drames les mieux accueillis du Public ne sont pas même supportables aux yeux du goût : je pourrois faire voir comme quoi le *Pere de Famille & Eugénie* ne sont qu'un tissu d'énigmes, un assemblage ridicule d'incidens entassés sans vraisemblance, de sentences dites & redites, de jeux d'épées, & de coups de Théâtre mal ametiés : comme quoi il n'y a nulle Philofophie dans le *Philofophe fans le favoir* ; & que s'il y a du naturel , il reffemble parfaitement à celui que *la Bruyere* craignoit qu'on n'introduisît fur notre fcene, comme un Laquais qui fiffle , un malade , &c. Je pourrois convaincre l'Auteur de cette Piece , que *Boileau* lui avoit dit longtemps avant qu'il écrivit :

Soyez plutôt Mâçon , fi c'eft votre talent.

Je pourrois enfin dire à nos Dramatiques, & ce qu'ils font, & ce qu'ils ne font pas, mais je ne crois pas devoir l'entreprendre. Je me fouviens d'avoir vu aux Petites-Maifons un Fou qui difoit à tout le monde qu'il étoit le Pere Eternel, & je me rappelle très-bien que perfonne ne s'arrêtoit à lui prouver le contraire. J'en agirai de même avec ces Meffieurs ; c'eft, je crois, le feul parti qu'il y ait à prendre.

Je dirai feulement deux mots du *Vindicatif* ; le premier caractere décidé que le Drame ait préfenté fur notre Théâtre, & ce n'eft que par ce côté qu'il peut fixer un moment l'attention.

L'Auteur fe plaint dans fa Préface, de ce que *fon caractere ayant révolté le Public , il périffoit victime de l'indignation que le Vindicatif ex-citoit.*

Je le crois, il en avoit fait un Drame : les

grands Tragiques que j'ai eu la hardieſſe de citer, & un Poëte Comique , n'ont rien à craindre de pareil , en traitant un caractere.

» Le Public , ajoute-t-il , a accueilli mon » Ouvrage avec indulgence «.

Le Public ! Eh ! Monſieur du *Vindicatif* , voudriez-vous vous exprimer comme M. Toutabas? Nombre d'honnêtes gens , Fiacres , Porteurs de chaiſes.

Le Public n'eſt pas le même pour un Charlatan monté ſur les tréteaux de la Foire , & pour un Auteur qui fait repréſenter ſur le Théâtre de Moliere.

M'eſt-il permis de faire ici une courte obſervation ?

Il y a déja longtemps que les Auteurs Dramatiques cherchent à ſe rendre deſpotes. C'eſt à la pointe de l'épée , & aux cris des invectives , que les ſots en cabale , ſoutiennent les torts de la ſottiſe : l'envie même n'eſt pas un de leurs motifs , jugez de l'ignominie de ceux qui les animent.

Peut-être , dit encore l'Auteur du Vindicatif , me pardonnera-t-on de faire quelques queſtions aux Détracteurs du Drame.

Détracteurs ! le terme eſt impropre ; on ne dit point Détracteurs du vice , ſi ce n'eſt , *peut-être* , dans un ſiecle philoſophique.

Vient enfuite une profonde métaphyfique, où l'on découvre, *affez à propos du Drame*, que le mauvais genre eft celui dont il ne réfulte rien.

Pour tâcher d'appuyer fon fyftème fur des autorités refpectables, le Dramatique a tranfcrit en fin de fa Préface, un paffage de l'Epitre dédicatoire de *Dom Sanche d'Arragon*, Comédie héroïque du grand *Corneille* *. Ce paffage femble annoncer effectivement que l'Auteur de *Cinna* a connu le genre intermédiaire, mais ne prouve encore rien en fa faveur, puifque *Corneille* n'a jamais, même en l'approuvant, travaillé dans ce genre trop au-deffous de fon génie, pour qu'il daignât s'y livrer. Pourquoi d'ailleurs confulter le Corneille d'*Arragon* ? Confultons celui des

---

* Quoiqu'aucun des Drames de *Corneille* ne reffemble à une Tragédie bourgeoife, néanmoins, comme il paroît approuver ce genre, un fuffrage tel que le fien pourroit entraîner bien des efprits. Il n'eft donc pas inutile d'obferver qu'à l'amour de la gloire qui embrâfoit fon ame, l'Auteur de *Polyeucte* joignoit un defir immodéré de plaire à fes Contemporains, qu'il facrifioit fouvent à ce defir, & qu'il *hazardoit*, comme il le dit lui-même dans l'Epitre citée par l'Auteur du Vindicatif, *non tam meliora quam nova*, dans l'efpérance de mieux divertir.

Horaces

Horaces & du Cid *, & n'allons pas, dans nos hommages, reſſembler

Au Poëte ignorant,
Qui de tant de Héros va choiſir Childebrand.

Mais quittons cette ennuyeuſe Préface , & paſſons à l'examen du tourbillon des caractères de la Piece.

Qu'eſt-ce que le premier, c'eſt-à-dire, celui qui a donné ſon nom à l'Ouvrage ?

Un homme atroce & noir , & peut-être le premier qui ait paru ſur la ſcene, criminel pour le crime : un frere qui médite la ruine de ſon frere au milieu de ſes embraſſemens ; un miſérable qui diſtile goutte à goutte le fiel de la jalouſie dans le cœur d'un infortuné qui n'a d'autre tort que d'avoir accepté ſes bienfaits ; un ſcélérat enfin , qui , pour conſommer ſa vengeance, ne craint point d'employer des moyens que le glaive de la Juſtice peut ſeul expier.

O François ! avez-vous donc beſoin de ces affreux exemples, inconnus à la barbarie même ? & ne peut-on plus vous offrir que le tableau des crimes & des plus noirs attentats ?

Le ſecond , quel eſt-il ?

---

* Qui n'eſt point un Drame , quoi qu'en diſe l'ingénieux Auteur de l'Eſſai ſur l'Art Dramatique.

C

Un jeune infenfé qui s'irrite fans fujet ; un jaloux imaginaire ; un furieux, qui, tenant entre fes bras une époufe palpitante & évanouie, qu'il ne peut tout au plus que foupçonner, jouit à longs traits du défefpoir qui la déchire ; un fré-nétique plus cruel, à mon fens, qu'un frere qui ourdit froidement fa vengeance contre un frere.

L'un & l'autre font des monftres qu'il eft dangereux de réunir fur la fcene, & qu'on ne doit offrir, même féparément, qu'avec bien de l'art, bien du ménagement, à des Spectateurs pour qui *Moliere* a tracé le caractere du *Tartuffe* *.

Qu'eft-ce qu'un Lord Dély, dont on a voulu faire un honnête homme? Ce n'eft qu'un froid Raifonneur qui manque à fes principes au moment où il vient de les étaler.

Doit-on parler du Pere, qui, pour dénouer la Piece, vient tout exprès donner une audience criminelle?

Parlera-t-on du Bailli privilégié, des Témoins, des Archers, enfin de toute cette charge dégoutante ramaffée fur le Théâtre Anglois **.

* Tartuffe en Drame feroit peut-être ce qu'il y auroit de plus monftrueux fur la fcene, après le Vindicatif.

** Il n'appartenoit qu'au Drame de faire un coup de Théâtre d'une capture ignominieufe.

Une époufe fenfible & fage , vertueufe fans orgueil, & tracée, à-peu-près, felon les principes d'Elmire *, eft la feule nuance de caractere qui occupe agréablement à la repréfentation de cette Piece ; je dis à la repréfentation, car à la lecture, on ne voit rien de ce que la magie du jeu préfente, non pas de flatteur, mais de fupportable ; & fi jamais la tranquillité du cabinet fut fatale à un Drame, c'eft à celui-ci.

Je ne vous ferai point, Monfieur, l'analyfe de la Piece ; envain on voudroit l'entreprendre : ce ne font que des fcenes détachées , fans fuite, fans liaifon, des fituations révoltantes, des clameurs, des fureurs, des tirades à prétention , des réflexions prétendues morales , le tout écrit d'un ftyle lâche & eftropié qui fait abandonner à chaque inftant la lecture de l'Ouvrage, dont le fonds n'appartient point à l'Auteur **.

* Voyez le Tartuffe.

** Le fonds de cette Piece , à l'exception du caractere du Vindicatif, & de quelques circonftances des rôles de Dély & de Sir James, eft pris tout entier dans l'Hiftoire de Fanny & de Montrofe , tirée elle-même de l'Orpheline Angloife, & inférée dans le feptieme volume de la Bibliotheque de Campagne. Les deux derniers actes y ont été copiés à la lettre. Le Dramatique qui dit tant de belles chofes dans fa Préface, auroit bien dû y

Qu'il vous fuffife de favoir que les motifs qui animent le *Vindicatif*, font les mêmes, en partie, que ceux qui portent *Atrée* à la vengeance, & qu'ils font beaucoup plus atroces.

Et c'eft avec de pareilles drogues, avec d'auffi plates élucubrations qu'on efpere faire oublier l'Auteur de l'Avare : c'eft pour ces horribles Productions qu'on écrit de gros volumes, dans lefquels on paroît avoir fait divorce avec le fens commun.

Rifum teneatis, amici.

Je ne puis finir cette Lettre fans vous communiquer une réflexion qui revient fouvent à mon efprit.

Par quelle fatalité le Drame femble-t-il conduire à la politique, ou la politique au Drame ? J'avois cru jufqu'ici ces deux genres incompatibles ; cependant nous avons vu quelques-uns de nos Dramatiques paffer fans pudeur de l'un à l'autre.

---

faire mention de l'Ouvrage auquel il a tant d'obligation, il y auroit eu au moins de l'honnêteté dans fon procédé.

Il eft affez de Geais à deux pieds comme lui,
Qui fe parent fouvent des dépouilles d'autrui.

La Fontaine.

L'un groſſit une mauvaiſe Traduction de notes qui n'y ont preſqu'aucun rapport , mais dans leſquelles il veut régenter les Rois ; l'autre dans un Code , *qu'il appelle* , de la Nature , releve les fautes des Légiſlateurs , & leur apprend ce qu'ils auroient dû faire ; un autre enfin , dans un Ouvrage également déſavoué par la raiſon , par l'eſprit , & par le cœur , & qu'il a daté d'un temps où , grace à la Philoſophie moderne , la France ſera peut-être retombée dans la barbarie des premiers ſiecles , fronde tous les uſages , renverſe tous les établiſſemens pour y en ſubſtituer d'autres qui ne prouvent que la fécondité du délire.

Il ſemble à trois Gredins , dans leur petit cerveau ,
Que pour être imprimés & reliés en veau ,
Les voilà dans l'Etat d'importantes perſonnes ;
Qu'avec leur plume ils font le deſtin des Couronnes.

Scene III du IVe. Acte des Femmes Savantes.

Voilà ce que diſoit dans le ſiecle dernier , ce *Moliere* , cet homme divin , dont nos *Lycophrons* modernes rougiroient de ſuivre les traces , & qui les avoit devinés cent ans avant leur exiſtence.

J'ai l'honneur d'être , &c.

F I N.

www.ingramcontent.com/pod-product-compliance
Ingram Content Group UK Ltd.
Pitfield, Milton Keynes, MK11 3LW, UK
UKHW021019120726
13693UKWH00005B/2087